하루하루 하이쿠

하루하루 하이쿠

박성민 엮고 옮김

시와서

일러두기

하이쿠의 원문은 시가 발표되었을 때의 옛 표기를 따랐다.

원문은 1행으로 되어 있지만, 번역은 편의상 3행으로 나누었다.

작자명은 성씨를 빼고 표기하고, 작가 소개에서는 성과 이름을 다 표기했다. (다자이 오사무는 다자이로 표기)

차례

봄 … 7

여름 … 47

가을 … 89

겨울 … 133

작가 소개 … 170

옮긴이 후기 … 174

春

새로운

소망도 있으니까

오늘 아침 봄

新(あたら)しき願(ねがい)もありて今朝(けさ)の春(はる)

소세키

시를 쓰련다

자네는 먹을 갈게

오늘 아침 봄

詩(し)を書(か)かん君(きみ)墨(すみ)を磨(す)れ今朝(けさ)の春(はる)

소세키

베갯머리에

올해의 봄이 벌써

와 있었구나

枕(まくら)べにことしの春(はる)は立(た)ちにけり

소죠

향기롭게
홍차가 끓고 있는
늦추위구나

こうちゃ よかん
かんばしく紅茶のたぎる余寒かな

소쵸

하얀 매화여
눈인가 싶었는데
향기로운 가지

はくばい み かお えだ
白梅やゆきかと見れば薫る枝

시키

잊지 말아라
덤불 속에 피어난
매화나무꽃

わす やぶ なか うめ はな
忘るなよ藪の中なる梅の花

바쇼

톡톡 터지며
늙은 홍매화 나무
꽃을 피웠네

ぱつぱつと紅梅老樹(こうばいろうじゅ)花(はな)咲(さ)けり

다코쓰

매화 향이여
달빛 환한 하늘의
은은한 남빛

梅(うめ)が香(か)や月(つき)めく空(そら)のうすはなだ

소죠

매화 향이여
새들은 잠재우렴
밤이 새도록

梅(うめ)が香(か)や鳥(とり)は寝(ね)させてよもすがら

지요죠

한동안은

꽃 위에 달이 걸린

밤이겠구나

しばらくは花(はな)の上(うえ)なる月夜(つきよ)かな

바쇼

하얀 매화에

밤이 지새는 날이

이어지겠네

白梅(しらうめ)に明(あ)くる夜(よ)ばかりとなりにけり

부손

또 하나 더

별이 늘어났구나

매화나무꽃

また一(ひと)つ星(ほし)のふゑけり梅(うめ)の花(はな)

시키

사락사락
옷자락 사각대며
매화를 보네

さらさらと衣(きぬ)を鳴(な)らして梅見哉(うめみかな)

소세키

매화꽃 속에
누군가 살고 있어
희미한 등불

梅(うめ)の奥(おく)に誰(だれ)やら住(す)んで幽(かす)かな灯(ひ)

소세키

불도 안 켜고
덧문도 닫지 않고
매화나무꽃

灯(ひ)もつけず雨戸(あまど)も引(ひ)かず梅(うめ)の花(はな)

소세키

홍매화의
떨어진 꽃잎 줍는
다다미방인가

こうばい　らっか　　　たたみかな
紅梅の落花をつまむ畳哉

시키

홍매화가
져버렸네 쓸쓸한
베갯머리

こうばい　ち　さび　まくらもと
紅梅の散りぬ淋しき枕元

시키

오래된 우물의
어둠 속에 떨어지는
동백꽃이여

ふるいど　　　　おつ　つばきかな
古井戸のくらきに落る椿哉

부손

활소리에

툭 하고 떨어지는

동백이구나

つるおと　おと　つばき
弦音にぽたりと落ちる椿かな

소세키

떨어진 동백

밤눈에도 하이얀

가련함이여

おちつばき よ
落椿夜めにもしろきあはれかな

만타로

떨어질 만큼

떨어지니 쓸쓸한

동백이구나

おち　おち　さび　つばきかな
落るだけ落て淋しき椿哉

시키

봄바람 부네
기다린다고 하니
이제 가야지

こち　ふ　ま　き　いまかえ　き
東風や吹く待つとし聞かば今帰り来ん

소세키

봄옷 색깔 좀
알려주렴 높이 나는
종달새야

はるふく　いろおし　あげひばり
春服の色教へてよ揚雲雀

다자이

어린 풀이여
돌아오는 길은 그
꽃을 기다린다

わか　かえ　じ　はな
若くさや帰り路はその花にまつ

지요죠

어스름 달빛
주렴에 움직이는
꽃의 그림자

つき　すだれ　うご　はな　かげ
月おぼろ簾に動く花の影

시키

연한 먹물로
그린 것만 같구나
봄날의 달

うすずみ　か　ようや　はる　つき
薄墨で書いた様也春の月

시키

꽃인가 사람인가
그림자도 희미하네
봄날의 달

はな　ひと　かげ　はる　つき
花か人か影もおぼろや春の月

시키

이불을 덮고
편지를 쓰는구나
봄날의 감기

ふとんき　てがみか　やはる　かぜ
蒲団着て手紙書く也春の風邪

시키

일요일에
놀러 와 주십시오
매화나무꽃

にちよう　あそ　うめ　はな
日曜に遊びにござれ梅の花

류노스케

생각해주오
나의 집 매화꽃을
병이 든 나를

おも　きみいおり　ばいか　や　われ
思へ君庵の梅花を病む我を

류노스케

서로를 보며
말없이 지나쳤네
매화꽃 아래

相逢(あいお)ふて語(かた)らで過(す)ぎぬ梅(うめ)の下(した)

소세키

오늘 안 가면
내일은 져 있겠지
매화나무꽃

今日(きょう)来(こ)ずば明日(あした)は散(ち)りなむ梅(うめ)の花(はな)

료칸

나폴나폴
황매화가 지는가
폭포 소리

ほろほろと山吹(やまぶき)ちるか瀧(たき)の音(おと)

바쇼

무서워라

돌담이 무너지는

고양이의 사랑

おそろしや石垣(いしがき)崩(くず)す猫(ねこ)の恋(こい)

시키

소리를 죽일

때가 이별이려나

고양이의 사랑

声(こえ)たてぬ時(とき)が別(わか)れぞ猫(ねこ)の恋(こい)

지요죠

고양이의 사랑

그칠 즈음 침실의

으스름달

猫(ねこ)の恋(こい)やむとき閨(ねや)の朧月(おぼろづき)

바쇼

금색 병풍을

몇 군데나 긁는지

고양이의 사랑

きんびょう いくしょ ねこ こい
金屏を幾所かきさく猫の恋

소세키

연애하는 고양이야

네 주인의 마음은

병들었단다

こいねこ しゅじん ここち れい
恋猫や主人は心地例ならず

소세키

봄의 강물에

가로막혀 멀어진

남녀로구나

はる かわ へだ おとこおみなかな
春の川を隔てて男女哉

소세키

하얀 목련에

울음을 삼켜버린

참새로구나

はくもくれん こえ の すずめ
白木蓮に声を呑んだる雀かな

류노스케

목련나무의

꽃으로만 가득한

하늘을 본다

もくれん はな そら み
木蓮の花ばかりなる空を瞻る

소세키

목련꽃에

꿈처럼 변해가는

가랑비구나

もくれん ゆめ こさめかな
木蓮に夢のやうなる小雨哉

소세키

봄비로구나
버드나무 사이를
젖으며 간다

はるさめ　やなぎ　なか　　ぬ　　　ゆ
春雨や柳の中を濡れて行く

소세키

빌려주고서
나는 우산이 없네
봄날의 비

ひと　か　　われ　かさ　　はる　あめ
人に貸して我に傘なし春の雨

시키

봄비로구나
몸을 바싹 붙이고
우산은 하나

はるさめ　み　　　よ　　ひと　かさ
春雨や身をすり寄せて一つ傘

소세키

오늘까지의
날은 오늘 버리고
첫 벚꽃

けふまでの日(ひ)はけふ捨(す)てて初桜(はつざくら)

지요죠

고요하게
이슬을 흩뿌리네
아침의 벚꽃

しんとして露(つゆ)をこぼすや朝桜(あさざくら)

시키

두 개의 생명
사이에 살아 있는
벚꽃이런가

命(いのち)二(ふた)つの中(なか)にいきたる桜(さくら)かな

바쇼

땅에 쓰러져
뿌리에 다가가니
꽃의 이별인가

ちたおねよはなわか
地に倒れ根に寄り花の別れかな

바쇼

한 해 한 해
벚나무를 살찌우는
꽃의 티끌

としどしさくらこはなちり
年々や桜を肥やす花の塵

바쇼

밤 벚꽃이여
하늘의 음악을
듣는 사람

よざくらてんおんがくききひと
夜桜や天の音楽聞し人

잇사

그대는 거문고를
나는 떨어진 꽃에
팔 베고 누워

きみこと ひ われ らっか ひじまくら
君琴弾け我は落花に肱枕

류노스케

술에 취해 누워
꿈속에서 울었네
산벚나무꽃

よ ね ゆめ な やまざくら
酔ふて寐て夢に泣きけり山櫻

시키

인간 세상이
애달픈 벚꽃이여
처져 있구나

ひと よ さくら
人の世のかなしき桜しだれけり

만타로

열병 앓으며
환한 밤 벚꽃에
떨고 있다네

熱(ねつ)を病(や)んで櫻明(さくらあか)りに震(ふる)へゐる

류노스케

환한 밤 벚꽃
사람만이 저무는
산길이구나

花(はな)あかり人(ひと)のみ暮(く)るる山路(やまじ)かな

류노스케

밤 벚꽃이여
사람은 고요하고
비 오는 소리

夜桜(よざくら)や人静(ひとしず)まりて雨(あめ)の音(おと)

시키

봄날의 저녁
끊길 듯 끊길 듯이
향을 피우네

はる くれ た かう
春の夕絶えなむとする香をつぐ

부손

봄날 밤이여
병풍 그늘 아래에
사물의 숨소리

はる よ びょうぶ かげ もの いき
春の夜や屛風の陰に物の息

시키

봄 새벽이여
꿈 끝자락 사라진다
병풍의 그림

しゅんぎょう ゆめ お き びょうぶ かげ
春暁や夢の尾消ゆる屛風の絵

도요죠

달은 밤마다
벚꽃과 한 겹 되네
두 겹이려나

つき　　　　さくら ひと え ふた え かな
月よひよひ桜の一重二重哉

시키

지는 벚꽃
남아 있는 벚꽃도
이제 질 벚꽃

ち　さくら のこ さくら　　ち　さくら
散る桜残る桜も散る桜

료칸

저녁의 벚꽃
오늘도 또 어제가
되어버렸네

ゆう　　　　　　むかし なり
夕ざくらけふも昔に成にけり

잇사

산길에 드니
왠지 그리워지네
제비꽃

山路(やまじ)来(き)てなにやらゆかしすみれ草(ぐさ)

바쇼

제비꽃만큼
조그만 사람으로
태어났으면

菫(すみれ)程(ほど)な小(ちい)さき人(ひと)に生(うま)れたし

소세키

너는 오지 않고
어디에 있는 꽃을
보러 갔느냐

君(きみ)帰(かえ)らず何処(いずこ)の花(はな)を見(み)にいたか

소세키

꽃의 그림자
여인의 그림자의
으스름인가

はな　かげ　おんな　かげ　おぼろ
花の影、女の影の朧かな

소세키

기다리는 밤의
꿈조차 되지 않고
배꽃

ま　よい　ゆめ　なし　はな
待つ宵の夢ともならず梨の花

소세키

배꽃이 피고
달빛에 편지 읽는
여인이 있네

なし　はなつき　ふみ　おんな
梨の花月に書よむ女あり

부손

이리로 와서
나하고 놀자 부모
없는 참새야

我(われ)と来(き)て遊(あそ)べや親(おや)のない雀(すずめ)

잇사

이만치 커요
하고 모란 흉내내는
아이로구나

此(こ)れ程(ほど)と牡丹(ぼたん)の仕方(しかた)する子(こ)哉(かな)

잇사

하품하는
입 속에 꽃이 지는
긴긴 낮이여

あくびした口(くち)に花(はな)ちる日永(ひなが)哉(かな)

시키

울적한 나를
쓸쓸하게 해다오
뻐꾸기야

う　われ　　　　　　　　かんこどり
憂き我をさびしがらせよ閑古鳥

바쇼

봄날 밤이여
책상 위에서 베는
팔베개

はる　よ　つくえ　うえ　ひじ
春の夜や机の上の肱まくら

교시

눈을 감으니
젊은 내가 있구나
봄날의 저녁

め　　　わか　われ　はる　よい
眼つむれば若き我あり春の宵

교시

새가 우네
홀로 발길 멈추는
꽃 핀 저 안쪽

鳥(とり)なくや獨(ひと)りたたずむ花(はな)の奥(おく)

시키

꽃잎 하나를
넣어두고 잊었네
저녁의 모란

一弁(ひとひら)を仕舞(しま)ひ忘(わす)れて夕牡丹(ゆうぼたん)

교시

지고 나서야
눈앞에 떠오르는
모란이구나

ちりて後(のち)おもかげにたつぼたん哉(かな)

부손

꽃 핀 흐린 날
버려도 후회 없는
옛사랑이여

はなぐもり す くい ふるごい
花曇り捨てて悔なき古恋や

류노스케

긴긴 낮이여
서로 닿아버린 손은
닿아버린 채

なが ひ あいふ て ふ
永き日や相触れし手は触れしまま

소죠

기나긴 봄날
쌓이고 쌓여 아득한
옛날이런가

おそ ひ とお
遅き日のつもりて遠きむかしかな

부손

모란꽃 지며
부딪히다 겹쳤네
꽃잎 두세 장

ぼたんち　うかさ　にさんぺん
牡丹散りて打ち重なりぬ二三片

부손

흐릿한 달밤
치자꽃의 향기가
감도는구나

うすつきよはな　にお
薄月夜花くちなしの匂いけり

시키

하얀 이슬이여
들장미 가시마다
방울방울

しらつゆ　いばら　はり
白露や茨の刺にひとつづつ

부손

봄비로구나
갯바위 작은 조개
적셔질 만큼

はるさめ　こいそ　こがひ
春雨や小磯の小貝のぬるるほど

부손

봄비 내리네
글 쓰지 않는 몸이
애처로워라

はるさめ　か　み
春雨やもの書かぬ身のあわれなる

부손

봄비 속의 나
덧없는 환영 같은
몸이로구나

はるさめ　ちか　み
春雨のわれまぼろしに近き身ぞ

시키

녹초가 되어
여관방 빌릴 즈음
등나무꽃

くたぶ　やどか　ふじ　はな
草臥れて宿借るころや藤の花

바쇼

봄날 밤이여
어스름한 탕 속에
스며들었네

はる　よ　こぐら　ふろ　しず　い
春の夜や小暗き風呂に沈み居る

류노스케

사랑이었을까
나는 옛날 그대로일까
으스름달

こい　われ　むかし　おぼろづき
恋やあらぬ我や昔の朧月

시키

촛불 하나로
또 촛불을 밝히네
봄날의 저녁

しょく　ひ　しょく　　　　　はる　ゆう
蜀の火を蜀にうつすや春の夕

부손

봄날 밤의
구름에 적시네
감은 머리칼

はる　よ　くも　ぬ　　　あら　がみ
春の夜の雲に濡らすや洗い髪

소세키

베개로 삼는
봄날의 물결이여
헝클린 머리

まくら　はる　なが　　　　がみ
枕する春の流れやみだれ髪

부손

저편을 보며
잠든 이가 그립네
봄날 해질녘

あちら向(むき)に寝(ね)た人(ひと)ゆかし春(はる)の暮(くれ)

부손

그대 떠나고
덧없는 이 세상에
꽃은 없구나

君(きみ)逝(ゆ)きて浮世(うきよ)に花(はな)はなかりけり

소세키

옛 추억을
어쩔 수가 없는 나
봄날의 새

追憶(ついおく)のぜひもなきわれ春(はる)の鳥(とり)

다자이

가는 봄날의

벼루 위에 그리는

매화나무꽃

ゆ　はる　すずり　しる　うめ　はな
行く春の硯に印す梅の花

시키

가는 봄이여

한 마차 안 그대의

속삭임 소리

はる　どうしゃ　きみ
ゆく春や同車の君のさゝめごと

부손

가는 봄이여

어여쁜 사람 내게

등을 돌리네

はる　びじん　そむ
ゆく春や美人おのれに背くかな

부손

봄비 내리고

옷걸이에 무거운

연인의 옷들

はるさめ　いこう　おも　こいごろも
春雨の衣桁に重し恋衣

교시

가는 봄이여

개어두고 오래된

사랑의 옷

ゆくはる　たた　ふる　こいごころ
行春や畳んで古き恋衣

교시

가는 봄날의

부드러운 손을

잡아보았네

はる　て　にぎ
ゆく春のやはらかき手を握りけり

소죠

가는 봄이여
머뭇머뭇하다가
늦게 핀 벚꽃

ゆ　はる　しゅんじゅん　おそざくら
行く春や逡巡として遅桜

부손

봄이 아쉬운
하루, 그림 그리고
시를 짓는다

はるおし　ひとひ　え　し　つく
春惜む一日画をかき詩を作る

시키

모든 것을 다
체념하고 나니 봄이
아쉽구나

なにごと　はるおし
何事もあきらめて春惜みけり

만타로

가는 봄이여
새가 울고 물고기
눈에는 눈물

行(ゆ)く春(はる)や鳥(とり)啼(な)き魚(うお)の目(め)は泪(なみだ)

바쇼

어제 저물고
오늘도 또 저물고
가는 봄이여

きのう暮(く)れけふ又(また)くれてゆく春(はる)や

부손

뒤돌아보는
봄이여 백 년까지
천 년까지도

折返(おりかえ)す春(はる)や百(もも)とせ千(ち)とせまで

지요죠

夏

여름이 왔다
내내 하늘거리는
어린 나뭇잎

夏(なつ)立(た)ちぬいつもそよげる樹(き)の若葉(わかば)

소죠

여름이 왔다
항아리에 철쭉이
오래되었네

夏(なつ)立(た)ちし瓶(かめ)につつじの花(はな)古(ふる)き

시키

여름이 온다
별이 곁에 다가와
촉촉하구나

夏(なつ)に入(い)る星(ほし)よりそひてうるみけり

만타로

소중하구나
푸른 잎 어린잎의
반짝이는 햇빛

あらたふと青葉(あおば)若葉(わかば)の日(ひ)の光(ひかり)

바쇼

여름풀이여
너를 헤치고 가니
바람이 훈훈

夏草(なつくさ)や君(きみ)わけ行(ゆ)けば風薫(かぜかお)る

시키

슬픔에 젖어
언덕을 올라가니
가시나무꽃

愁(うれ)ひつつ岡(おか)にのぼれば花(はな)いばら

부손

장미꽃 깊이
피아노 소리 들리는
은은한 달밤

ばらふか きこ うすつきよ
薔薇深くぴあの聞ゆる薄月夜

시키

병이 나아서
내 손으로 장미를
꺾었다네

やまいい て ばら てお
病 癒えて手づから薔薇を手折りけり

시키

내일을 모르는
몸으로 오래 사니
장미가 지네

あす み い ばら ち
翌しらぬ身をながらへ居れば薔薇が散る

시키

드러누워서

책 읽는 시절이여

오뉴월 여름

ね　　　しょよ　ころ　ごろくがつ
寝ころんで書読む頃や五六月

시키

안경을 쓰고

책 읽는 여름밤이

바쁘구나

めがね　　しょ　よ　なつ　よいそが
眼鏡かけて書を読む夏の夜忙し

시키

네 시에 까마귀

다섯 시에 참새, 여름

밤이 샜구나

よじ　からすごじ　すずめなつ　よ　あ
四時に烏五時に雀夏の夜は明けぬ

시키

경사로구나
올해의 모기에도
물려버렸네

めでた　ことし　か　く
目出度さは今年の蚊にも喰われけり

잇사

벼룩 물린 자국
그것도 젊을 때는
어여쁘구나

のみ　あと
蚤の迹それもわかきはうつくしき

잇사

더위 먹어 야윈
요즘은 모기에도
물리지 않네

なつやせ　このころ　か
夏痩の此頃蚊にもせせられず

소세키

큰 반딧불이

포르르 포르르르

지나가네

おおぼたる　　　　　　　　とお
大蛍ゆらりゆらりと通りけり

잇사

고아인 나는

반짝이지도 않는

반딧불인가

みなしご われ　ひか　　ほたる
孤の我は光らぬ蛍かな

잇사

혼자 있으니

반딧불 오라 오라

모래벌판

　　　　ほたる
ひとりゐて蛍こいこいすなつぱら

다자이

무리 짓다가
흩어지네 반딧불
강물 위에서

かたまるや散(ち)るや蛍(ほたる)の川(かわ)の上(うえ)

소세키

반딧불 잡기 놀이
나를 시냇물에
빠뜨렸다네

蛍狩(ほたるがり)　われを小川(おがわ)に落(おと)しけり

다코쓰

반딧불 잡고
오는 길 늦게 뜬 달
빛을 비추네

ほたる狩(がり)帰路(きろ)の遅月(おそづき)さしにけり

다코쓰

양귀비꽃
그런 식으로 지니
버릇이 없네

けし はな ち りょがい
罌粟の花さやうに散るは慮外なり

소세키

작약꽃을
버리고 꽃창포를
꽂아두었네

しゃくやく す さ
芍薬を捨てゝあやめを挿しにけり

만타로

수국 꽃잎에
물방울을 모아서
아침 해구나

あじさい しずく あさひ
紫陽花に雫あつめて朝日かな

지요죠

나무도 풀도

고요하니 장마가

시작되었네

樹(き)も草(くさ)もしづかにて梅雨(つゆ)はじまりぬ

소죠

큰 항아리에

꽂을 꽃도 없는데

장마로구나

大陶壺(おおすえつぼ)さす花(はな)もなく梅雨入(つゆいり)かな

다코쓰

여름 장마여

거울이 흐릿해져

원망스럽네

五月雨(さみだれ)や鏡(かがみ)曇(くも)りて恨(うら)めしき

소세키

다리가 무너져
사랑이 끊겼구나
여름 장맛비

はしお こいなかた さみだれ
橋落ちて恋中絶えぬ五月雨

소세키

여름 장맛비
사람의 눈물이라
여겨야 하네

さみだれ ひと なみだ おも
五月雨は人の涙と思ふべし

시키

제비붓꽃을
꺾으니 물이 똑똑
물과 하늘

かきつばたき みず そら
杜若切ればしたたる水や空

교시

매일매일 밤
빗속에 소리 없는
제비붓꽃

よいよい　あめ　おと　かきつばた
宵宵の雨に音なし杜若

부손

달빛 비치고
숯불에 따끈따끈
은어를 굽네

つき　おき　あゆ　や
月さして燠のほこ〳〵と鮎を焼く

다코쓰

여름밤의
달을 흐리게 하는
모깃불인가

なつ　よ　つき　かやりかな
夏の夜の月かすませる蚊遣哉

시키

바리때 안에
내일의 쌀이 있고
선선한 저녁

てっぱつ　あした　こめ　ゆうすずみ
鉄鉢に明日の米あり夕涼

료칸

큰대자로
누워 선선하구나
쓸쓸하구나

だい　じ　ね　すず　さび
大の字に寝て涼しさよ淋しさよ

잇사

풍경 소리
멀리서 들려오는
선선함이여

ふうりん　とおね　すず
風鈴の遠音きこゆる涼しさよ

소죠

여름 이불이
사뿐히 내려앉는
내 뼈 위

なつぶとん　　　　　ほね　うえ
夏布団ふわりとかかる骨の上

소조

하늘 가득히
별이 선선해 나의
병 나아가네

まんてん　ほしすず　　　いえ
満天の星涼しわが癒えつつあり

소조

아름다워라
장지문 구멍 속의
은하수

しょうじ　あな　あま　がわ
うつくしや障子の穴の天の川

잇사

풀 베고 누운
내게로 쏟아지렴
여름밤의 별

草枕(くさまくら)の我(われ)にこぼれよ夏(なつ)の星(ほし)

시키

짧은 밤
별이 날아가는 듯
얼굴 위에서

短夜(みじかよ)の星(ほし)が飛(と)ぶなり顔(かお)の上(うえ)

교시

나의 별은
어디서 객지 잠일까
은하수

わが星(ほし)はどこに旅寝(たびね)や天(あま)の川(がわ)

잇사

달의 테두리
흔들며 가는 배여
한밤의 여름

つき わ さ ふね よわ なつ
月の輪をゆり去る船や夜半の夏

히사죠

짧은 밤이여
얕은 여울에 남은
한 조각의 달

よ あさせ のこ つきいっぺん
みじか夜や浅瀬に残る月一片

부손

여름밤이여
메아리에 동이 튼다
나막신 소리

なつ よ こだま あ げた おと
夏の夜や木魂に明くる下駄の音

바쇼

짧은 밤의
불빛을 헤아리며
두 사람인가

短夜(みじかよ)の灯(ひ)をかぞへつつ二人(ふたり)かな

만타로

짧은 밤을
그대와 함께 잘까
쌀 이천 석 받을까

短夜(みじかよ)を君(きみ)と寝(ね)ようか二千石(にせんごく)とらうか

소세키

잠이 깼다가
들었다가 모기장이
너무 크구나

起(おき)きてみつ寝(ね)てみつ蚊帳(かや)の広(ひろ)さかな

지요죠

짧은 밤을
주고받을 말조차
없구나

みじかよ　かわ　ことば
短夜を交す言葉もなかりけり

소세키

짧은 밤의
꿈을 떠올릴
틈도 없구나

みじかよ　ゆめおも　だ
短夜の夢思ひ出すひまもなし

소세키

짧은 밤이여
할 얘기 남았는데
밤이 밝아오네

みじかよ　はな　よ　あか
短夜や話しのこりて夜の明る

시키

짧은 밤의
사랑에 덧없는
잠이 깨네

みじかよ　こい　ね　かな
短夜の恋にはかなき寝さめ哉

시키

짧은 밤이여
이따금 잠이 들면
꿈이 괴로워

みじかよ　ね　ゆめくる
短夜やたまたま寝れば夢苦し

시키

더위로 야윈
뼈에 머물러 있는
목숨이구나

なつやせ　ほね　いのち
夏痩の骨にとどまる命かな

시키

푸른 모기장
서늘하게 얼굴에
내려와 앉네

か や あお　すず　かお
蚊帳青く涼しき顔にふきつける

소세키

꿈이 선선해
흰 연꽃 흔들리는
베갯머리

ゆめすず びゃくれん　まくらうえ
夢涼し白蓮ゆらぐ枕上

류노스케

짧은 밤이여
꿈도 생시도 전부
다 똑같은 것

みじかよ　ゆめ　うつつ　おな
短夜や夢も現も同じこと

교시

퍼 올리는

손등이 시려오는

맑은 물인가

むす　て　こう　ひえ　しみずかな
掬ぶ手の甲に冷えつく清水哉

시키

애를 태우며

한 손으로 퍼 담는

맑은 물인가

かたて　すく　しみずかな
もとかしく片手に掬ふ清水哉

시키

오래된 물에

부평초 이파리의

은은한 초록

ふるみず　は
古水にうきくさの葉のうすみどり

소죠

여름의 강을
건너는 기쁨이여
손에는 짚신

なつかわ　こ　　　　　　て　ぞうり
夏河を越すうれしさよ手に草履

부손

소낙비구나
풀잎을 잡고 있는
참새 한 무리

ゆうた　くさば　　　　　すずめ
夕立や草葉をつかむむら雀

부손

소낙비에게
맞고 있는 잉어의
머리로구나

ゆうだ　　　　　こい
夕立にうたるる鯉のかしらかな

시키

에잇 하며
파리를 때려대는
서생의 방

えいやつと蝿叩(はえたた)きけり書生部屋(しょせいべや)

소세키

때리지 마라
파리가 손 비비고
발도 비빈다

やれ打(う)つな蝿(はえ)が手(て)をすり足(あし)をする

잇사

집 비워주마
사랑하며 놀아라
초가집 파리

留守(るす)にするぞ恋(こい)して遊(あそ)べ庵(いお)の蝿(はえ)

잇사

하지 지나니
내게 잠 못 드는 밤
길어지누나

げしす　われ　ね　よ　なが
夏至過ぎて吾に寝ぬ夜の長くなる

시키

선선하구나
등롱불이 꺼지니
물소리

すず　あんどんき　みず　おと
涼しさや行燈消えて水の音

시키

손뼉을 치니
메아리에 동이 튼다
여름의 달

て　こだま　あ　なつ　つき
手をうてば木魂に明くる夏の月

바쇼

입을 대다가
눈썹을 적셔버린
맑은 물인가

くち まゆ しみずかな
口つけて眉のぬれたる清水哉

시키

입술연지를
바른 것도 잊어버린
맑은 물인가

べに くち
紅さいた口もわするゝしみづかな

지요죠

푸른 매실에
눈썹을 찡그리는
미인이구나

あおうめ まゆ びじん
青梅に眉あつめたる美人かな

부손

물방울 똑똑
풀고사리에 튀는
맑은 물인가

したたりは歯朶(しだ)に飛(と)び散(ち)る清水(しみず)かな

소세키

풀 위에 누워
등이 선선하구나
아침 이슬

草負(くさお)ふて背中(せなか)にすゞし朝(あさ)の露(つゆ)

시키

떨어져 내린
이슬에 겁을 먹은
갈대 위 거미

くづれたる露(つゆ)におびえて葦(あし)の蜘蛛(くも)

다코쓰

싱싱한
샐러리를 깨무니
여름의 향기

みづみづしセロリを噛(か)めば夏匂(なつにお)う

소죠

오후 두 시의
정적이 머무르네
얼음 빙수

午下二時(ごかにじ)のしじまありけり氷水(こおりみず)

도요죠

눈물이 뚝뚝
함께 우는 비구니여
와사비 절임

ほろほろと泣(な)き合(あ)ふ尼(あま)や山葵漬(わさびづけ)

교시

커피로구나
여름날의 해질녘
길기도 했지

こうひい　なつ
珈琲や夏のゆふぐれながかりき

소죠

짝사랑이여
한마디 새어 나오는
밤의 매미

かたこい　　　　　　よる　せみ
片恋やひとこゑもらす夜の蝉

소죠

솔바람을
따라서 우는구나
매미 한 마리

まつかぜ　さそ　　　な　せみひと
松風に誘はれて鳴く蝉一つ

소죠

고요함이여
바위에 스며드는
매미 소리

閑(しず)かさや岩(やみ)にしみ入(い)る蟬(せみ)の声(こえ)

바쇼

이윽고 죽을
기미는 보이지 않네
매미의 울음

やがて死(し)ぬけしきは見(み)えず蟬(せみ)の声(こえ)

바쇼

매미가 우네
내가 사는 집도 돌이
되어버릴 듯

蟬鳴(せみな)くや我(わ)が家(や)も石(いし)になるやうに

잇사

저녁매미야

해질녘이 애달픈

나무줄기

蜩(ひぐらし)や暮(く)るるを嘆(なげ)く木々(きぎ)の幹(みき)

소죠

저녁매미야

너도 쓸쓸한 거니

나를 따라 우네

蜩(ひぐらし)や汝(なんじ)も淋(さび)しいかつれ鳴(な)きに

도요죠

우듬지에서

덧없이 떨어지네

매미의 허물

梢(こずえ)よりあだに落(お)ちけり蝉(せみ)の殻(から)

바쇼

두들겨 맞고
낮 모기 토해내는
목탁이구나

たた　ひる　か　は　もくぎょ
叩かれて昼の蚊を吐く木魚かな

소세키

대합조개가
입을 다물고 있는
더위로구나

はまぐり　くち　い　あつ
蛤の口しめて居る暑さかな

바쇼

토끼도 한쪽
귀를 늘어뜨리는
한더위구나

うさぎ　かたみみ　た　たいしょ
兎も片耳垂るる大暑かな

류노스케

지직 지지직
해바라기 마르는
늦더위구나

ひまわりか　ざんしょ
ぢりぢりと向日葵枯るる残暑かな

류노스케

고요함이여
호수 저 밑바닥의
구름 봉우리

こすい　そこ　くも　みね
しづかさや湖水の底の雲の峰

잇사

낮잠을 깨고
누운 채로 구름을
바라다본다

ひるね　その　くも　みい
昼寝さめて其まゝ雲を見入るなり

교시

나팔꽃이여
한 송이 깊디깊은
연못의 색깔

あさがお　いちりんふか　ふち　いろ
朝顔や一輪深き淵の色

부손

나팔꽃에게
두레박을 빼앗겨
얻어 마시는 물

あさがお　つるべ　と　もら　みず
朝顔に釣瓶取られて貰ひ水

지요죠

나팔꽃이여
한눈에 반한 여자도
이틀 사흘

あさがお　ほ　おんな　にさんにち
朝顔や惚れた女も二三日

소세키

나팔꽃 피고
내게 아무 탈 없는
내일이려나

あさがお　つつが　かな
朝顔にわれ恙なきあした哉

시키

추운 오월
살아남아 있지만
눈물이 나서

さつきさむ　い　のこ　なみだ
皐月寒し生き残りたるも涙にて

시키

나팔꽃이여
피었다 바로 지는
목숨이구나

あさがお　さ　ばか　いのちかな
朝貌や咲いた許りの命哉

소세키

무지개 보며
저마다 생각하네
아름답구나

にじ　み　おも　おも　うつく
虹を見て思ひ思ひに美しき

교시

무지개 뜨니
홀연히도 그대가
와 있는 듯해

にじ　　たちま　きみ　い　ごと
虹たちて忽ち君の在る如し

교시

왠지 세상이
덧없는 여름날의
햇살이구나

なに　よ　　　　　なつ
何か世のはかなき夏のひかりかな

만타로

부평초여
갈 곳을 알 수 없는
사랑이지만

萍(うきくさ)や行(ゆ)く方(ほう)さだめぬ恋(こい)なれど

류노스케

너를 보내고
생각나는 것 있어
모기장에서 우네

君(きみ)を送(おく)りて思(おも)ふことあり蚊帳(かや)に泣(な)く

시키

보리 이삭을
붙잡고 매달리는
이별이런가

麦(むぎ)の穂(ほ)を便(たよ)りにつかむ別(わか)れかな

바쇼

반딧불 불빛
오늘 밤의 어둠이
아름다워라

ほたるび こよい やみ うつく
螢火の今宵の闇の美しき

교시

병들어 누운
내게 이슬이 지는
생각이 드네

びょうしょう われ つゆ おも
病牀の我に露ちる思ひあり

시키

남은 내 목숨
얼마나 남았을까
밤이 짧구나

よめい よ みじか
餘命いくばくかある夜短し

시키

여름 구름이
모인 이 골짜기에서
눈 감으려나

夏雲(かうん)群(む)るるこの峡中(きょうちゅう)に死(し)ぬるかな

다코쓰

언제 죽을
금붕어인지 모르고
아름답구나

いつ死(し)ぬる金魚(きんぎょ)と知(し)らず美(うつく)しき

교시

가진 건 하나
나의 삶은 가벼운
조롱박인가

ものひとつ我(わ)が世(よ)は軽(かる)き瓢(ひさご)哉(かな)

바쇼

떨어지는 불꽃
물이 움직이지만
고요하구나

ちる花火(はなび)水(みず)動(うご)けども静(しずか)なり

류노스케

쓸쓸함이여
불꽃 꺼지고 나니
별이 날아가네

淋(さび)しさや花火(はなび)のあとの星(ほし)の飛(と)ぶ

시키

고요함이여
불꽃이 사라진 뒤
남아 있는 별

閑(しず)けさや花火(はなび)消(き)えたるあとの星(ほし)

소죠

秋

가을이 왔네
책 한 권을 아직도
읽지 못하고

あきた　いっかん　しょ　よ　のこ
秋立つや一巻の書の読み残し

소세키

가을이 오면
쓸쓸하고 안 오면
더워 죽겠네

あきた　さび　た
秋立てば淋し立たねばあつくるし

시키

선선한 가을
다 같이 깎아보세
오이와 가지

あきすず　てごと　うりなすび
秋涼し手毎にむけや瓜茄子

바쇼

모래알 같은
구름이 흘러가는
아침의 가을

すな　ごと　くもなが　　あさ　あき
砂の如き雲流れゆく朝の秋

시키

가을바람에
홀로 멈춰 서버린
모습이구나

あきかぜ　ひと　たち　すがた
秋風に独り立たる姿かな

료칸

어느 가을날
무정하게 보였던
이별이어라

あき　ひ　　み　わかれ
秋の日のつれなく見えし別かな

소세키

무성한 풀들
이제는 시들시들
마음 편안히

あらくさ　いま　か　やす
荒草の今は枯れつつ安らかに

소쵸

지금까지는
밟히기만 했는데
꽃 핀 들인가

いま　ふま　い　はなの
今までは踏れて居たに花野かな

잇사

어지러이 피는
소녀의 마음 같은
들국화구나

みだ　さ　おとめごころ　のぎく
乱れ咲く乙女心の野菊かな

다자이

가을바람의
가을이라는 글자를
가만히 본다

あきかぜ あき いちじ かん
秋風の秋の一字を観じけり

도요죠

파란 하늘에
손글씨로 써본다
가을 해질녘

あおぞら ゆび じ か あき くれ
青空に指で字を書く秋の暮

잇사

가을바람이여
눈에 들어오는 것
전부 하이쿠

あきかぜ がんちゅう みなはいく
秋風や眼中のもの皆俳句

교시

가을의 구름
호수에 비친 하늘을
건너는구나

あき　くもみずうみ　そら　わた
秋の雲湖水の空を渡りけり

시키

가을 구름은
늙어버린 마음과
참 닮았구나

あきぐも　おい　こころ　　に
秋雲は老の心にさも似たり

교시

가을바람이여
집조차 갖지 못한
덩치 큰 남자

あきかぜ　いえ　　も　　おおおとこ
秋風や家さへ持たぬ大男

잇사

가을 모기야
죽을 각오를 하고
나를 무네

秋(あき)の蚊(か)や死(し)ぬる覚悟(かくご)でわれを刺(さ)す

시키

가을의 모기
어렴풋이 보여서
울어버렸네

秋(あき)の蚊(か)のほのかに見(み)えてなきにけり

소죠

가을의 파리
잡고 있다가 다시
놓아주었네

秋(あき)の蠅(はえ)握(にぎ)つて而(そ)して放(はな)したり

소세키

이른 가을의

메뚜기 손에 쥐니

보드라워라

はつあき いなご やわら
初秋の蝗つかめば柔かき

류노스케

어깨에 앉아

사람이 그리우냐

고추잠자리

かた き ひと あかとんぼ
肩に来て人なつかしや赤蜻蛉

소세키

따스한 가을날

부엉이를 붙잡은

대나무 가지

こはるび づく たけ えだ
小春日や木菟をとめたる竹の枝

류노스케

뾰로통하게
입을 다물고 있는
도라지꽃이네

くち ひら ききょう
むつとして口を開かぬ桔梗かな

소세키

창문을 열고
너에게 보여줄게
국화꽃

まど きみ み きく はな
窓をあけて君に見せうず菊の花

소세키

들국화 한 송이
수첩 갈피 속에다
끼워두었네

のぎくいちりんてちょう なか はさ
野菊一輪手帳の中に挟みけり

소세키

가을바람이여

쥐어서 뜯고 싶은

붉은 꽃

秋風(あきかぜ)やむしりたがりし赤(あか)い花(はな)

잇사

하얀 싸리꽃

하염없이 이슬을

흘리는구나

白萩(しらはぎ)のしきりに露(つゆ)をこぼしけり

시키

꽃이 떨어져

부서진 그림자와

떠내려가네

花(はな)落(お)チテ砕(くだ)ケシ影(かげ)ト流(なが)レケリ

소세키

가을 하늘을

둘로 갈라놓았네

모밀잣밤나무

あきぞら　ふた　た　しいだいき

秋空を二つに断てり椎大樹

교시

꺾어 쥐어보니

살랑살랑 묵직한

억새풀인가

おりとりてはらりとおもきすすきかな

다코쓰

청명한 가을

마음이 느슨해지면

흐릿해질 터

あきば　こころ　くも

秋晴れや心ゆるめば曇るべし

교시

물건을 놓으니
그 자리에 생겨난
가을의 그늘

お　　　　　う　　　　あき　かげ
もの置けばそこに生まれぬ秋の蔭

교시

잔소리하는
상대가 벽이구나
가을 저물녘

こごと　　あいて　かべ　あき　くれ
小言いふ相手は壁ぞ秋の暮

잇사

등불을 켜고
가을날의 저녁을
쓸쓸해하네

ひ　　　　　あき　ゆうべ　さび
灯ともして秋の夕を淋しがる

시키

얼굴을 씻는
대야에 어른거리네
가을 그림자

かおあら たらい た あき かげ
顔洗ふ盥に立つや秋の影

소세키

되돌아보는
나의 모습이여
벌써 가을이

かえり われおもかげ あき
顧みる我面影やすでに秋

소세키

가을바람과
함께 나는 것일까
첫 흰머리

あきかぜ とも は はつしらが
秋風と共に生へしか初白髪

소세키

살아서 쳐다보는
하늘이 높구나
고추잠자리

い　あお　そら　たか　あかとんぼ
生きて仰ぐ空の高さよ赤蜻蛉

소세키

목숨 붙어 있어
올해의 가을도
눈물이려나

ことし　あき　なみだ
いのちありて今年の秋も涙かな

시키

어설프게도
사람으로 태어나
가을 저물녘

ひと　うま　あき　くれ
なかなかに人と生まれて秋の暮

잇사

벌렁 뒤집혀
떨어져 울고 있네
가을의 매미

あお　　お　　な　　あき　せみ
仰のけに落ちて鳴きけり秋の蝉

잇사

선선한 바람이여
온 힘을 다해 우는
귀뚜라미

すずかぜ　ちから
涼風や力いっぱいきりぎりす

잇사

달이 뜬 밤은
돌 위로 나와 우는
귀뚜라미

つき　よ　いし　で　な
月の夜は石に出て啼くきりぎりす

지요죠

보름달은

어디서 바라보나

풀 베고 누워

名月(めいげつ)はどこでながめん草枕(くさまくら)

시키

보름달이여

어둠을 기어 나오는

벌레 소리

名月(めいげつ)や闇(やみ)をはひ出(で)る虫(むし)の聲(こえ)

시키

한밤중 몰래

벌레는 달빛 아래

밤(栗)을 꿰뚫네

夜(よ)ル竊(ひそか)ニ虫(むし)は月下(げっか)の栗(くり)を穿(うが)ツ

바쇼

새로 쓴 묘에
누구의 눈물일까
이슬방울

にいはか　だれ　なみだ　つゆ　たま
新墓に誰の涙ぞ露の玉

시키

해가 저무네
무릎을 껴안으니
잎이 또 하나

ゆうぐ　ひざ　いだ　またひとは
夕暮れや膝を抱けば又一葉

잇사

한 치의 풀에
그림자가 생기네
오늘의 달

いっすん　くさ　かげ　つき
一寸の草に影ありけふの月

시키

올해 가을은

어찌하여 늙는가

구름 속에 새

あき なん としよ くも とり

この秋は何で年寄る雲に鳥

바쇼

흰머리 뽑는

베개 밑이로구나

귀뚜라미

しらが ぬ まくら した

白髪抜く枕の下やきりぎりす

바쇼

삐이 우는

울음의 끝이 슬픈

밤의 사슴

な しりごえかな よる しか

ぴいと啼く尻声悲し夜の鹿

바쇼

가을비구나
몸을 옴츠러뜨린
우산 아래

秋雨(あきさめ)や身(み)をちぢめたる傘(かさ)の下(した)

교시

비 오는 날
옛일을 얘기해볼까
깨진 바가지

雨(あめ)の日(ひ)や昔(むかし)を語(かた)らむ破(やぶ)れふくべ

료칸

불빛이 켜진
장지문을 적시네
가을비

灯(ひ)ともれる障子(しょうじ)ぬらすや秋(あき)の雨(あめ)

교시

칠월 칠석의
다리여, 무너져서
우는 까치

たなばた　はし　かささぎ
七夕の橋やくづれてなく　鵲

시키

가을의 비가
멎고 나면 눈물이
마르려나

あきさめ かぎりなみだかぎり
秋雨の限涙の限かな

도요죠

잠 못 이루는
한밤의 등불이여
가을비

ねむ　よ わ　あかり　あき　あめ
眠らざる夜半の灯や秋の雨

소세키

유자향인가
가을도 깊어 가는
밤의 밥상

ゆず か あき ゆ よる ぜん
柚の香や秋もふけ行く夜の膳

가후

배를 깎으니
달콤한 물방울이
칼날에 똑똑

なし あま しずく は た
梨むくや甘き雫の刃を垂るる

시키

배(梨)의 과육
속에 스며든 달을
베어 물었네

なし にく つき か
梨の肉にしみこむ月を噛みにけり

도요죠

가을이 쓸쓸해
서리에 떨어지네
감이 하나

秋(あき)さびて霜(しも)に落(おち)けり柿一(かきひと)つ

소세키

감 먹는 것도
올해가 끝이려나
생각한다네

柿(かき)くふも今年(ことし)ばかりと思(おも)ひけり

시키

쓸쓸함으로
밥을 먹고 있구나
가을의 바람

淋(さび)さに飯(めし)をくふなり秋(あき)の風(かぜ)

잇사

그대 와주게
밤송이가 떨어진
길을 피해서

きみ き　　　　くり お　　みち
君来ませいが栗落ちし道よけて

료칸

둘이서 함께
시 쓰며 주고받는
가을의 밤

ふたり　ふで　　　　秋　よい
二人して筆をとりあふ秋の宵

료칸

나를 부르며
고향으로 떠나네
밤의 기러기

よび　こきょう　ゆ　　よる　かり
われ喚て故郷へ行くや夜の雁

료칸

고이고이
가을을 지키게나
하며 떠났네

たいせつ あき まも さり
大切に秋を守れと去りにけり

소세키

떠나는 내게
머무는 그대에게
두 개의 가을

ゆ われ なんじ あきふた
行く我にとどまる汝に秋二つ

시키

가을바람이여
살아서 서로 보는
그대와 나

あきかぜ い み なれ われ
秋風や生きてあひ見る汝と我

시키

그가 한마디
나 한마디 가을이
깊어가는지

かれいち ご われいち ご あきふか
彼一語我一語秋深みかも

교시

가을은 깊고
옆방에는 무엇을
하는 사람일까

あきふか となり なに ひと
秋深き隣は何をする人ぞ

바쇼

모든 것을 다
가슴에 묻어두고
가을 저물녘

なにごと むね あき くれ
何事も胸にをさめて秋の暮

만타로

등불을 끄니
서늘한 별이구나
창으로 든다

灯(ひ)を消(け)せば涼(すず)しき星(ほし)や窓(まど)に入(い)る

소세키

가을밤이여
장지문의 구멍이
피리를 분다

秋(あき)の夜(よ)やしやうじの穴(あな)が笛(ふえ)を吹(ふ)く

잇사

헤어지누나
한 줄기 꿈속에서
은하수

別(わか)るるや夢一筋(ゆめひとすじ)の天(あま)の川(がわ)

소세키

사람 그림자
달빛 아래 나란히
고요하구나

影法師(かげぼうし)月(つき)に並(なら)んで静(しず)かなり

소세키

구름이 가끔
사람을 쉬게 하는
달구경인가

雲(くも)をりをり人(ひと)をやすめる月見(つきみ)かな

바쇼

보름달을
따다 주세요 하고
우는 아이구나

名月(めいげつ)を取(と)ってくれろと泣(な)く子(こ)かな

잇사

이쪽을 보렴
나도 쓸쓸하구나
가을 저물녘

こちらむけ我(われ)もさびしき秋(あき)の暮(くれ)

바쇼

쓸쓸함이여
어느 얼굴을 봐도
가을 저물녘

淋(さび)しさやどの顔(かお)見(み)ても秋(あき)の暮(くれ)

시키

별이 밝은 밤
별을 보러 간다
언덕의 찻집

星月夜(ほしづきよ)星(ほし)を見(み)にゆく岡(おか)の茶屋(ちゃや)

시키

보름달이여
연못가를 돌면서
밤이 새도록

めいげつ いけ よ
名月や池をめぐりて夜もすがら

바쇼

오늘부터는
누구에게 빗대나
가을의 달

きょう だれ みた あき つき
今日よりは誰に見立ん秋の月

소세키

그 무엇에도
비할 데가 없구나
초사흘의 달

なにごと みた に みか つき
何事の見立てにも似ず三日の月

바쇼

깜빡하다가
내 집 문 지나치는
달밤이구나

わがもんすぎ つきよ
うかうかと我門過る月夜かな

소세키

달 보러 가는
소세키가 아내를
잊어버렸네

つき ゆ そうせきつま わす
月に行く漱石妻を忘れたり

소세키

발길 멈추네
달을 보고 있으니
물소리

たたず つきみ い みず おと
彳むや月見て居れば水の音

시키

달은 어둡고
하이얀 한 줄기 빛
바닷물 위

つきくら　ひとすじしろ　うみ　うえ
月暗し一筋白き海の上

시키

퍼 담는 손에
서늘하게 스미네
물 위의 달

て　みず　つき
むすふ手にひやりとしむや水の月

시키

부서져서는
바다 위에 한가득
달그림자

うみいちめん　つき　かげ
くだけては海一面の月の影

시키

글을 읽는다
불빛 속에 갇혀서
달이 뜬 창

しょ　あかり　つき　まど
書よむや燈にとざす月の窓

시키

명월이구나
글은 못 쓸지언정
술은 마신다

めいげつ　むひつ　さけ　の
名月や無筆なれども酒は呑む

소세키

술이 없어서
시가 없어서 달의
고요함이여

さけ　し　つき　しず
酒なくて詩なくて月の静かさよ

소세키

나의 사랑은
어두운 밤을 닮은
달밤이런가

こい やみよ に つきよ
わが恋は闇夜に似たる月夜かな

소세키

그대의 이름
벼루에 쓰고서는
씻어 지우네

きみ な すずり か あら け
君が名や硯に書いては洗ひ消す

소세키

침향 태우며
그대를 붙들어두네
으스름달밤

きゃらたき きみ とど おぼろ
伽羅焚て君を留むる朧かな

소세키

긴 밤이어라
밤새워 얘기하는
두 사람인가

長(なが)かれと夜(よ)すがら語(かた)る二人(ふたり)かな

소세키

기나긴 밤
베개를 끌어안고
하이쿠 시인

ながき夜(よ)の枕(まくら)かかへて俳諧師(はいかいし)

다코쓰

담배 피우는
연기가 내려앉는
긴긴밤인가

たばこすふ煙(けむり)の垂(た)るる夜長(よなが)かな

류노스케

포도 씹으며

가을바람의 노래를

짓고 싶구나

ぶどうか　　あきかぜ　うた
葡萄噛んで秋風の歌をつくらばや

류노스케

별 하나가

날아 소리가 나네

이슬의 들판

ほしひと　と　　おと　　つゆ　はら
星一ツ飛んで音あり露の原

시키

떨어져 내려

이슬이 된다 하네

은하수

お　　き　つゆ　　　　　あま　がわ
落ちて来て露になるげな天の川

소세키

국화 이슬을
먹고 사는 벼루의
목숨이구나

つゆう　すずり
きくの露受けて硯のいのちかな

부손

이슬의 삶은
이슬의 삶이라지만
그렇다지만

つゆ　よ　つゆ　よ
露の世は露の世ながらさりながら

잇사

살아 돌아온
나의 즐거움이여
국화주

い　かえ　うれ　きく　さけ
生き返るわれ嬉しさよ菊の酒

소세키

문을 나서니
나도 나그네구나
가을 저물녘

もん　いず　われ　ゆくひとあき
門を出れば我も行人秋のくれ

부손

말을 하니까
입술이 시리구나
가을의 바람

もの　くちびるさむ　あき　かぜ
物言へば唇寒し秋の風

바쇼

자 그럼 안녕
나도 돌아가련다
가을 저물녘

われ　かえ　あき　くれ
いざさらば我も帰らむ秋の暮

료칸

사람은 가고
덧없는 국화구나
하얗게 피네

人(ひと)去(さ)つて空(むな)しき菊(きく)や白(しろ)き咲(さ)く

류노스케

해는 저물고
국화꽃이 희구나
머나먼 사람

たそがるる菊(きく)の白(しろ)さや遠(とお)き人(びと)

류노스케

사람의 영혼
빗댄다면 가을의
반딧불일까

たましひのたとへば秋(あき)の蛍(ほたる)かな

다코쓰

나그네여
객지의 죽음을
알고 있겠지

たびびと　　　　の　　　し
旅人よゆくて野ざらし知るやいさ

다자이

객지의 죽음
새긴 마음에 바람이
스미는 몸인가

の　　　　こころ かぜ　　　み
野ざらしを心に風のしむ身かな

바쇼

죽지도 않는
객지 잠의 끝이여
가을 해질녘

し　　　たびね　は　　あき　くれ
死にもせぬ旅寝の果てよ秋の暮

바쇼

무덤도 움직여라
나의 울음소리는
가을의 바람

つか　うご　われなきごえ　あき　かぜ
塚も動け我泣声は秋の風

바쇼

가는 가을이여
비조차 되지 않고
저무는 하늘

ゆくあき　あめ　く　そら
行秋や雨にもならで暮るゝ空

가후

가는 가을의
어둠도 되지 않고
별이 밝은 밤

ゆ　あき　やみ　ほしづきよ
行く秋の闇にもならず星月夜

시키

가는 가을의
슬픔을 누구에게
이야기할까

ゆく秋(あき)のあはれを誰(だれ)に語(かた)らまし

료칸

저무는 가을
내게는 신도 없고
부처도 없네

行(ゆ)く秋(あき)の我(われ)に神無(かみな)し仏無(ほとけな)し

시키

아무도
없구나 온 세상에
나 홀로인 가을

誰彼(だれかれ)もあらず一天自尊(いってんじそん)の秋(あき)

다코쓰

冬

겨울이 왔네
팔짱을 낀 채 책을
쳐다만 본다

ふゆ き しゅうしゅ しょ ぼうかん
冬来たり袖手して書を傍観す

소세키

못 다 쓴 원고에
틀어박힌 겨울의
해가 짧구나

ぶんさい こも ふゆ ひみじ
文債に籠る冬の日短かゝり

소세키

쓸쓸함도
따스함도 겨울의
시작이구나

さび ふゆ かな
淋しさもぬくさも冬のはじめ哉

시키

머리 빠지니

조금 추운 것 같네

겨울의 단풍

さむ　ふゆもみじ
はげそめてやゝ寒げ也冬紅葉

시키

겨울 햇살이여

장지문을 스치는

대나무 그림자

ふゆ　ひ　しょうじ　たけ　かげ
冬の日や障子をかする竹の影

류노스케

까마귀 날자

석양에 움직이는

겨울나무인가

からすと　ゆうひ　うご　ふゆき
烏飛んで夕日に動く冬木かな

소세키

초겨울에

하이쿠 하나 없는

하루로구나

はつふゆ　なん　く　ひとひ
初冬に何の句もなき一日かな

시키

삶이 끝나는

이에게 시(詩)도 없이

겨울이 오네

いのちお　し　ふゆきた
命終ふものに詩もなく冬来る

다코쓰

겨울의 하늘

마음속의 가시를

감출 수 없어

ふゆ　そら　え
冬の空こころのとげをかくし得ず

다코쓰

붓끝은 닳고

철 지나 피어나는

꽃도 없구나

ふでち　かえ　さ　はな
筆禿びて返り咲くべき花もなし

시키

봄날의 밤을

꿈꾸며 피는구나

철 지난 꽃

はる　よ　ゆめみ　さ　かえばな
春の夜の夢見て咲くや返り花

지요죠

꿈을 사려고

오는 나비도 없네

겨울 모란꽃

ゆめか　く　ちょう　ふゆぼたん
夢買ひに来る蝶もなし冬牡丹

부손

아무 말 없이

화로에 쌓인 재를

고르고 있네

もくねん　ひばち　はい
黙然と火鉢の灰をならしけり

소세키

어느 한밤중

숯불이 희미하게

스러져가네

あるよわ　すみび
或夜半の炭火かすかにくづれけり

류노스케

작은 책상에

먹 가는 소리구나

한밤의 겨울

こづくえすみす　おと　よわ　ふゆ
小机に墨摺る音や夜半の冬

가후

메마른 겨울이여
돌 위에 걸터앉아
나는 외롭네

ふゆ　　いし　こし　　われこどく
冬ざれや石に腰かけ我孤独

교시

왠지 모르게
춥구나 하고 나는
생각이 들 뿐

なん　　さむ　　われ　おも
何となく寒いと我は思ふのみ

소세키

물새에게
추운 나의 마음을
덮어씌웠네

みづどりにさむきこころをおほひけり

다코쓰

병이 들었네

산다화 꽂아다오

베갯머리에

われや　さざんかい　まくらもと
我病めり山茶花活けよ枕元

소세키

병든 기러기

밤추위에 떨어져

객지 잠인가

びょうがん　よさむ　お　たびね
病雁の夜寒に落ちて旅寝かな

바쇼

겨울의 칩거

일기에 나의 꿈을

써 내려간다

ふゆごもりにっき　ゆめ　か
冬籠日記に梦を書きつける

시키

메마른 들길
그림자 겹쳤다가
떨어졌다네

かれの じ　かげ　わか
枯野路に影かさなりて別れけり

히사죠

내 발이 밟는
낙엽의 소리만이
들려올 뿐

あゆ　おちば　おと
わが歩む落葉の音のあるばかり

히사죠

기다리는 이
발걸음 소리가 먼
낙엽이구나

まちびと　あしおととお　おちばかな
待人の足音遠き落葉哉

부손

바람에게 물어라
어느 것이 먼저 질
나뭇잎인지

かぜ　き　さき　ち　こ　は
風に聞けいずれか先に散る木の葉

소세키

떨어질 잎은
남김없이 떨어져라
낮에 뜬 달

おち　は　のこ　お　ひる　つき
落る葉は残らず落ちて昼の月

가후

초롱불이
별 속에 섞여 있네
메마른 들판

ちょうちん　ほし　かれのかな
提灯の星にまじりて枯野哉

시키

겨울의 파리
조용하구나 나의
살갗을 밟고

冬(ふゆ)の蝿(はえ)しづかなりわが膚(はだ)を踏(ふ)み

소죠

지긋지긋해
세상 오래도 사네
겨울의 파리

うとましや世(よ)にながらへて冬(ふゆ)の蝿(はえ)

시키

동짓달에
달팽이의 목숨은
끊어졌구나

霜月(しもつき)のかたつむりことされてゐし

소죠

초겨울 찬바람
말린 정어리에 남은
바다의 색깔

こがら　めざし　のこ　うみ　いろ
木枯らしや目刺しに残る海の色

류노스케

초겨울 찬바람
바위에 찢겨가는
물소리

こがら　いわ　さけ　ゆ　みず　こえ
木枯らしや岩に裂け行く水の声

부손

겨울 하늘이여
바람을 맞으면서
가라앉는 달

ふゆぞら　かぜ　ふ　しず　つき
冬空や風に吹かれて沈む月

가후

첫서리구나
시름에 젖은 학을
멀리서 본다

はつ　わずら　つる　とお　み
初しもや煩ふ鶴を遠く見る

부손

서리 밟으며
비장한 꿈을 안고
걸어갔다네

しも　ひがん　だ　ある
霜をふみ悲願を抱きて歩きけり

다코쓰

서리 밟으며
절뚝거릴 때까지
배웅했다네

しも　ふ　ひ　おく
霜を踏んでちんば引くまで送りけり

바쇼

국화도 베고

참억새도 베었네

서릿발

きく　か　すすき　か　しもばしら
菊も刈り芒も刈りぬ霜柱

시키

별 하나가

보여서 잠 못 이룬

서리 내린 밤

ほしひと　み　ね　しもよかな
星一つ見えて寐られぬ霜夜哉

소세키

연기 끊어져

향로가 식어가는

서리 내린 밤

けむり　こうろ　さ　しもよ
煙たえて香爐の冷める霜夜かな

다코쓰

내 가슴속의
찬바람이 기침이
되어버렸네

きょうちゅうこがらしせき
胸中の凩咳となりにけり

류노스케

생각거리가
많아지니 기침이
심해지네

おも　おお　せき　い
思ふこと多ければ咳しげく出づ

소죠

깊은 밤중에
내 기침 심해지니
처자식 깨네

せき　い　さいしさ
うしみつにわが咳き入りて妻子覚む

소죠

겨울의 등불
서둘러서 켜보니
나만 홀로이

冬(ふゆ)の灯(ひ)をはやばや点(つ)けてわがひとり

소죠

옆방의
불빛도 꺼지니
밤이 춥구나

次(つぎ)の間(ま)の灯(ひかり)も消(き)えて夜寒哉(よさむかな)

시키

울어버렸네
편지를 읽다 말고
불 밝힌 긴 밤

泣(な)き入(い)るや史(ふみ)読(よ)み断(た)ちて灯(とう)夜(や)長(なが)

도요죠

오늘 아침은
첫눈이구나, 아아
아무도 없네

けさ　はつゆき　だれ
今朝は初雪あゝ誰もいないのだ

다자이

첫눈이 오네
수선화 이파리가
휘어지도록

はつゆき　すいせん　は
初雪や水仙の葉のたわむまで

바쇼

꽃이 되고
물방울이 되는구나
오늘 아침 눈

はな　しく　けさ　ゆき
花となり雫となるや今朝の雪

지요죠

잠이 든 문을

첫눈이에요 하며

두드려대네

寐(ね)る門(かど)を初雪(はつゆき)ぢやとて叩(たた)きけり

소세키

목욕하고 오는 길

옷소매에 첫눈이

내려와 앉네

湯戻(ゆもど)りの袖(そで)に初雪(はつゆき)かゝりけり

소죠

떨쳐버려도

또 떨쳐버려도 내

옷소매의 눈

払(はら)へども払(はら)へどもわが袖(そで)の雪(ゆき)

소세키

파아란 하늘
시든 무화과나무에
눈이 퍼붓네

てん　　かれいちじく　ゆき
天あをく枯無花果に雪こぼす

다코쓰

오래된 뜰이여
복숭나무 자두나무
전부 다 눈꽃

ふるぞの　もも　すもも　ゆき　はな
古園や桃も李も雪の花

시키

눈 내리는 날
고타쓰 위에서
잠든 고양이

ゆき　ひ　こたつ　うえ　ねむ　ねこ
雪の日や巨燵の上に眠る猫

시키

먹음직스런
눈송이 포슬포슬
포슬하구나

うまさうな雪(ゆき)がふうはりふうはりと

잇사

몇 번이고
눈이 얼마나 쌓였나
물어보았네

いくたびも雪(ゆき)の深(ふか)さを尋(たず)ねけり

시키

사라락사락
대나무에 소리 나네
밤에 오는 눈

さらさらと竹(たけ)に音(おと)あり夜(よる)の雪(ゆき)

시키

눈 내리는 밤
홍차의 색깔을
사랑했다네

ゆき　よ　こうちゃ　いろ　あい
雪の夜の紅茶の色を愛しけり

소죠

둘이서 함께
잠드는 첫날밤의
함박눈

ひと　ね　　　　　よ　ぼたんゆき
一つ寝のはじめての夜の牡丹雪

소죠

둘이서 봤던
눈은 올해도 역시
내렸으려나

ふたりみ　ゆき　ことし　ふ
二人見し雪は今年も降りけるか

바쇼

눈앞에서
얼굴이 아른거리는
추위로구나

目(め)の前(まえ)に顔(かお)のちらつく寒(さむ)さかな

시키

고개 숙이고
무릎을 끌어안는
추위로구나

うつむいて膝(ひざ)にだきつく寒(さむ)さ哉(かな)

소세키

깎이고 깎여
달도 사라져가는
밤추위구나

欠(か)け欠(か)けて月(つき)もなくなる夜寒(よさむ)哉(かな)

부손

한 명이라고
숙박부에 써넣는
밤추위인가

いちにん ちょうめん よさむ
一人と帳面につく夜寒かな

잇사

삼층으로
홀로 잠자러 가는
추위로구나

さんがい ひと ね ゆ さむさ
三階に独り寐に行く寒かな

소세키

옆방 불빛에
비추어 밥을 먹는
밤추위구나

つぎ ま ひ めし く よさむ
次の間の灯で飯を喰う夜寒かな

잇사

콧물 흘리며
혼자서 바둑 두는
밤추위구나

はな　ひとりご　よさむ
洟たれて独碁をうつ夜寒かな

부손

손이 곱아서
글 못 쓰는 밤이여
이슥해졌네

てこご　ふでうご　よ　ふ
手凍えて筆動かず夜や更けぬらん

시키

짧구나 싫어
이불을 당기니까
고양이 울음

みじか　ふとん　ねこ　こえ
短さに蒲団をひけば猫の声

시키

별이 날아와

품속에 들어오는

밤추위구나

ほしと　ふところ　い　よさむかな

星飛んで懐に入る夜寒哉

시키

별이 떨어져

돌이 되는 밤의

추위로구나

ほしお　いし　よる　さむ　かな

星落ちて石となる夜の寒さ哉

시키

이 추위 속에

그대는 어디로

가려고 하나

さむ　きみどっち　さ

この寒さ君何地へか去らんとす

시키

밤이 추워서
고양이 불러 걷는
이웃집 여자

夜(よ)を寒(さむ)み猫(ねこ)呼(よ)ひてあるく隣家(りんか)の女(じょ)

시키

숯 파는
아가씨의 뜨거운 손에
닿아버렸네

炭売(すみうり)の娘(むすめ)のあつき手(て)に触(さ)はりけり

다코쓰

오므려 붙인
추운 밤의 무릎이여
책상 아래

掻(か)きあはす夜寒(よさむ)の膝(ひざ)や机下(きか)

히사죠

아침 추위여
살아 있는 뼈를
못 움직이고

朝寒(あささむ)や生(い)きたる骨(ほね)を動(うご)かさず

소세키

앙상한 뼈를
만지는 추운 아침
추운 밤이여

痩骨(やせぼね)をさする朝寒(あささむ)夜寒(よさむ)かな

시키

사람으로 죽어
학으로 태어나니
매섭게 춥네

人(ひと)に死(し)し鶴(つる)に生(うま)れて冴(さ)え返(かえ)る

소세키

촛불의

눈물도 얼어붙는

추위로구나

ろうそく　なみだ　こお　さむ
蝋燭の涙も氷る寒さかな

시키

어깨를 펴고

주먹을 꼬옥 쥐는

추위로구나

かた　は　こぶし　にぎ　さむ　かな
肩を張り拳を握る寒さ哉

시키

어째서인지

죽으러 온 세상이

아쉬워지네

なん　しに　き　よ　おし
何となう死に来た世の惜まるる

소세키

손 오므리고
발을 오므리면서
겨울의 칩거

て　　　あし　　　ふゆごもり
手をちぢめ足をちぢめて冬籠

시키

한 사람 가고
두 사람 다가오는
모닥불인가

ひとり ひ　ふたり　　　たきび
一人退き二人よりくる焚火かな

만타로

얼마 안 남은
늦추위도 어쩐지
그리워지네

のこ　すく　　よかん
残り少なに余寒もものなつかしき

시키

내 마음속에
사는 사람이 하나
겨울의 매화

わが胸(むね)にすむ人(ひと)ひとり冬(ふゆ)の梅(うめ)

만타로

보고 가련다
하나하나 찬찬히
추위 속 매화

見(み)て行(ゆ)くやつばらつばらに寒(さむ)の梅(うめ)

소세키

휘파람새가
만나고 돌아가네
겨울의 매화

うぐひすの逢(あ)ふて帰(かえ)るや冬(ふゆ)の梅(うめ)

부손

가는 한 해여
무릎과 무릎을
서로 맞대고

行(ゆ)く年(とし)や膝(ひざ)と膝(ひざ)とをつき合(あわ)せ

소세키

인간을 보고
웃는 것만 같구나
저무는 한 해

人間(にんげん)を笑(わら)ふが如(ごと)し年(とし)の暮(くれ)

시키

한 해가 가네
나그네는 추운
불을 피운다

年(とし)の瀬(せ)や旅人(たびびと)さむき灯(ひ)をともす

다코쓰

아름다워라
올해도 저물어가네
한밤의 하늘

うつくしや年暮(としく)れきりし夜(よる)の空(そら)

잇사

어찌 되었든
당신에게 맡기리
저무는 한 해

ともかくもあなたまかせの年(とし)の暮(く)れ

잇사

지난해 올해
꿰뚫는 막대와도
같은 것

去年(きょねん)今年(ことし)貫(つらぬ)く棒(ぼう)のごときもの

교시

십이월이여

눈 내린 산이 별을

받고 있구나

極月(ごくげつ)や雪山星(ゆきやまほし)をいただきて

다코쓰

봄이 온 건가

한 해가 저문 건가

섣달그믐 전날

春(はる)や来(き)し年(とし)や行(ゆ)きけん小晦日(こつごもり)

바쇼

가는 한 해의

빛나기 시작하는

별을 본다네

ゆく年(とし)のひかりそめたる星(ほし)仰(あお)ぐ

만타로

설날이 오네

손을 씻고 있는

저녁의 마음

がんじつ　て　あら　ゆう
元日や手を洗ひをる夕ごころ

류노스케

허락해다오

새해 첫 아침에는

늦잠 자련다

われ　ゆる　がんじつ　あさねぼう
我に許せ元日なれば朝寝坊

소세키

깜빡하고는

새해 첫 아침에

늦잠을 잤네

がんじつ　あさ　ながね　かな
うつかりと元日の朝の長寝哉

시키

긴긴밤이여

천년이 흐른 후를

생각한다

なが　よ　せんねん　あと　かんが
長き夜や千年の後を考へる

시키

쉬이 늙지 않게

마음에 스며드는

새해 첫 하늘

お
老いがたくこころにしみるはつみそら

다코쓰

한 해의 고난

새해 첫날이 벌써

감춰버렸네

とし　まががんじつ
年の禍元日すでにひそみけり

만타로

작가 소개

가가노 지요죠(加賀千代女) 1703~1775

에도 시대의 여성 시인. 50대에 출가한 후 많은 하이쿠를 남기며 활약해 하이쿠 교류에 기여하기도 했다. 1763년 조선통신사의 일본 방문 때 사절에게 하이쿠를 헌사하기도 했다.

고바야시 잇사(小林一茶) 1763~1828

마쓰오 바쇼, 요사 부손과 함께 에도 시대 3대 하이쿠 시인 중 하나. 3세 때 어머니를 여의고 오랫동안 전국을 방랑한다. 아내와 네 아이를 차례차례 잃는 불행 속에서도 2만 구 이상의 하이쿠를 남겼다.

구보타 만타로(久保田万太郎) 1889~1963

시인, 소설가, 극작가. 도쿄 출생으로 에도 시대의 옛 정취, 도쿄 서민들의 정서와 생활을 사실적으로 그린 하이쿠를 많이 남겼다. 문인 하이쿠의 대표 작가로 알려져 있다.

나가이 가후(永井荷風) 1879~1959

탐미주의의 대표 작가. 20대 때 프랑스와 미국에서 생활하고 귀국해 《프랑스 이야기》, 《미국 이야기》를 집필했다. 게이오 대학 교수를 역임하면서 《미타 문학》을 발간했다. 소설과 함께 많은 하이쿠와 한시를 남겼다.

나쓰메 소세키(夏目漱石) 1867~1916

소설가, 영문학자. 일본 문학을 대표하는 작가로 수많은 명작을 발표했다. 소설 외에도 많은 하이쿠와 한시를 남겼다. 대학 시절 친구인 마사오카 시키에게 하이쿠를 배웠으며 2,600구의 하이쿠를 남겼다.

다카하마 교시(高浜虚子) 1874~1959

시인, 소설가. 마사오카 시키의 제자로 시키와 함께 하이쿠 혁신 운동에 힘을 썼다. 시키의 '사생 하이쿠'를 발전시켜 현대 하이쿠 창작의 기초를 이루었다. 나쓰메 소세키에게 《나는 고양이로소이다》를 쓰도록 권하기도 했다.

료칸(良寬) 1758~1831

에도 시대의 승려로 하이쿠와 한시 시인이다. 오랜 세월을 방랑하다 만년에 암자에서 살다 생을 마쳤다. 뛰어난 시들을 많이 지었지만 생전에 집필한 적은 없고, 사후에 제자가 모아 엮은 가집이 남아 있다.

마사오카 시키(正岡子規) 1868~1912

메이지를 대표하는 문학자 중 하나로 근대 하이쿠를 정립했다. 20대부터 악화된 결핵으로 7년간 병상에 누워 지내다가 서른넷에 세상을 떠났다. 죽음을 앞둔 자신의 육체와 정신을 객관적으로 바라보며 서술한 수필집이 유명하다.

마쓰네 도요죠(松根東洋城) 1878~1964

마쓰야마 중학교 시절 나쓰메 소세키의 제자였다. 소세키의 소개로 마사오카 시키를 알게 되었고, 시키가 창간한 잡지 《호토토기스》의 동인으로 활약했다.

마쓰오 바쇼(松尾芭蕉) 1644~1694

하이쿠의 성인으로 불리는 에도 시대 시인. 에도 시대에 유행하던 하이카이를 천 년의 역사를 가진 와카와 어깨를 겨루는 예술 작품으로 수준을 높였다. 40대부터 눈을 감을 때까지 방랑하며 아름다운 각지의 풍경과 마주하며 시정 넘치는 하이쿠를 많이 남겼다.

다자이 오사무(太宰治) 1909~1948

소설가. 일본 근대 문학의 대표 작가 중 하나. 몰락한 귀족 여성을 그린 《사양》과 자전적 소설 《인간실격》은 일본에서 가장 대중적으로 사랑 받는 문학 작품 중 하나다. 《인간실격》을 완성한 후, 서른아홉에 스스로 생을 마감했다.

스기타 히사죠(杉田久女) 1890~1946

메이지, 쇼와 시대의 여성 시인, 소설가. 다카하마 교시의 제자로 《호토토기스》의 동인이었다. 여성 하이쿠 시인의 진출이 늘어난 다이쇼 시대 이후 여성 하이쿠의 선구자적인 인물이다. 여성의 관점에서 관찰한 일상, 낭만적 풍조의 시를 많이 지었다.

아쿠타가와 류노스케(芥川龍之介) 1892~1927

소설가. 나쓰메 소세키의 제자로 수많은 걸작 단편을 남겼다. 하이쿠, 단카 등 많은 시를 썼으며 하이쿠집을 남기기도 했다. 삶에 대한 회의와 미래의 불안 등으로 서른다섯 살에 스스로 생을 마감했다.

요사 부손(与謝蕪村) 1716~1784

에도 시대 시인, 화가. 10대 때 에도로 가서 하진에게서 하이쿠를 배운다. 스승의 사망 후 방랑하다가 교토에 정착했다. 회화적이고 낭만적인 작풍의 시를 썼으며 하이쿠 중흥에 크게 힘썼다. 그림에도 뛰어나 문인화, 일본 남화를 대표하는 화가이기도 하다.

이다 다코쓰(飯田蛇笏) 1885~1962

다카하마 교시의 제자로 다이쇼 시대《호토토기스》의 대표적 작가로 활동했다. 야마나시의 산골짜기에서 생활하며 격조 높은 하이쿠를 많이 지었다. 아쿠타가와 류노스케가 하이쿠를 짓게 된 데 영향을 미친 인물이기도 하다.

히노 소조(日野草城) 1901~1956

《호토토기스》의 동인. 신선하고 모던한 구풍으로 신흥 하이쿠 운동의 지도적 역할을 했다. 계어가 없는 하이쿠, 에로티시즘을 그린 하이쿠 등으로 근본적인 하이쿠 혁신 운동을 주장해 한때《호토토기스》에서 제명되기도 했다.

하이쿠 선집을 엮으며
— 옮긴이 후기

하이쿠(俳句)는 5, 7, 5의 열일곱 음으로 이루어진 일본 고유의 정형시입니다. 에도 시대에 하이카이(俳諧)라고 하는 연가(連歌) 형식이 유행했습니다. 한 사람이 5, 7, 5음으로 첫 구를 지으면, 다음 사람이 그것을 이어받아 7, 7음으로 구를 짓고, 또 그다음 사람이 구를 이어가는 시가 형식입니다. 그때 첫 5, 7, 5음의 구를 '홋쿠(發句)'라고 부릅니다. 에도 시대 하이쿠의 성인으로 불리는 마쓰오 바쇼의 하이쿠는 바로 이 '홋쿠'를 가리키는 것입니다.

이 홋쿠가 그 후 메이지 시대 마사오카 시키에 의해 하이쿠로 명명되고 지금처럼 많은 이들에게 널리 사랑받게 된 것입니다. 시키는 기존 하이카이의 진부함에서 벗어나 새로운 하이쿠 창작을 위한 하이쿠 혁신 운동을 일으켰습니다. 시키가 주장한 하이쿠 창작의 핵심은 '사생(寫生) 하이쿠'로, 자연과 사물을 있는 그대로, 보이는 그대로 사실적으로 묘사함으로써 자신의 감정을 표현한다는 것입니다.

지금까지 국내에 소개된 하이쿠는 주로 에도 시대 3대 하이쿠 시인으로 불리는 마쓰오 바쇼, 요사 부손, 고바야시 잇사의 작품들이었습니다. 《하루하루 하이쿠》는 그들을 비롯해 료칸, 가가노 지요죠 등 에도 시대의 시인 외에도, 시키를 중심으로 하이쿠 혁신 운동에 힘썼던 근대 하이쿠 시인들의 작품들도 함께 실었습니다. 주로 시키가 창간한 하이쿠 잡지《호토토기스》의 동인으로 활약한 시인들입니다. 또한 우리에게는 소설로 친숙한 나쓰메 소세키, 아쿠타가와 류노스케, 다자이 오사무, 나가이 가후 등 문인들의 하이쿠도 함께 실었습니다. 소설로만 접해온 그들의 하이쿠를 함께 감상해보시기 바랍니다.

선집에는 총 16명의 하이쿠 444구가 실렸습니다. 하이쿠에는 따로 해설을 붙이지 않았습니다. 작가의 사적인 배경 이야기가 담긴 하이쿠도 있지만, 저마다의 방식과 느낌으로 읽어보시기를 바라는 마음에서입니다.

번역은 되도록 원문에 맞춰 열일곱 음으로 옮기려고 했지만, 그보다는 자연스러운 우리말 표현에 더 중점을 두었습니다. 그 대신 원문과 함께 음독을 병기했습니다. 히라가나를 읽을 수 있는 독자라면 천천히 따라 읽으며 원문의 열일곱 음에서 느낄 수 있는 운율을 음미해보시기 바랍니다.

하이쿠는 원칙적으로 계절을 나타내는 '계어(季語)'를 포함하고 있는 시가입니다. 계절과 떼려야 뗄 수 없는 문학인 만큼 봄, 여름, 가을, 겨울 계절별로 장을 나누어 한 해의 흐름과 그에 따른 일상의 감정을 떠올리며 느낄 수 있도록 시를 선별하고 구성했습니다.

짧지만, 짧기에 더 깊고 진한 울림을 주는 것이 하이쿠의 매력이 아닐까 생각합니다. 무심코 스쳐 지나가기 쉬운 계절의 표정들, 일상의 작은 순간들을 하이쿠와 함께 느끼고 즐길 수 있기를 바랍니다.

옮긴이 박성민

도쿄외국어대학교 대학원에서 일본어학을 전공하고 통번역사로 일했다. 번역서로《책은 시작이다》,《심호흡의 필요》,《세상은 아름답다고》,《나쓰메 소세키 - 인생의 이야기》,《다자이 오사무 - 내 마음의 문장들》,《봄은 깊어》등이 있다.

하루하루 하이쿠

2023년 12월 15일 1쇄 찍음

지은이 마쓰오 바쇼 외
펴낸곳 시와서 출판
펴낸이 송승현

출판등록 2016. 12. 6.
주소 경기도 파주시 책향기로 183, 1507-506
이메일 siwaseo@gmail.com
블로그 blog.naver.com/siwaseo
인스타그램 www.instagram.com/siwaseo

ISBN 979-11-91783-09-4